水域大观

诗选

张继 著

中国文联出版社

图书在版编目（ＣＩＰ）数据

水域大观诗选 / 张继著. -- 北京 : 中国文联出版
社，2023.9
ISBN 978-7-5190-5317-8

Ⅰ．①水… Ⅱ．①张… Ⅲ．①诗集－中国－当代
Ⅳ．① I227

中国国家版本馆 CIP 数据核字（2023）第 168762 号

著　者　张　继
责任编辑　贺　希　王九玲
责任校对　秀点校对
装帧设计　陈夫旻

出版发行　中国文联出版社有限公司
社　　址　北京市朝阳区农展馆南里 10 号　　邮　编　100125
电　　话　010-85923091（总编室）　　　010-85923025（发行部）
经　　销　全国新华书店等
印　　刷　廊坊佰利得印刷有限公司

开　　本　710 毫米×1000 毫米　　　　1/16
印　　张　8.75
字　　数　100 千字
版　　次　2023 年 9 月第 1 版第 1 次印刷
定　　价　86.00 元

前　言

中华诗词学会会长　周文彰

　　翻阅张继《水域大观诗选》书稿，我再次被震撼了。

　　第一次被震撼，是 2015 年在中国军事博物馆观赏张继的《中国书画千字文》诗书画印展。我被他的诗书画印皆能、真草隶篆都行震撼。

　　这本"大观"是他集诗、书、画、印于一身的再次展示。

　　在中国艺术史上，诗、书、画、印的融合，经历了一个漫长的演进过程；集诗、书、画、印于一身，更是这个漫长历史过程中的艰辛跨越。自从唐玄宗称赞郑虔诗书画"三绝"后，"诗书画"三字才经常被相提并论。而印章，最初作为印信，由工匠所为。直到宋元，文人、书画家参与刻印，印章才逐步转向篆刻艺术。至明清，篆刻艺术进入高峰，且在高峰之巅争奇斗艳。近现代吴昌硕、齐白石都是集诗、书、画、印于一身的著名大家。

　　人有所好，学有专攻。诗、书、画、印，各自作为相对独立的艺术门类，每一项都需要持久的苦功去修炼，多少人穷其一生专注于其中一项也难以有成。而张继却尽情拥抱、用心钻研，且每一项都成果不凡。

　　当代诗词名家周笃文评张继的《中国书画千字文》四言诗："看起来赏心悦目，古雅典重；读起来金声玉振，一片宫商。"

　　当代书法名家张海评张继的书法，"造型独特，风格比较鲜明"，"又能诗文、绘画和篆刻，这就丰富了他的书法创作"。

　　当代国画名家李翔评张继的画："富于变化，又协调统一，正所谓和而不同，这很难得。"

　　当代篆刻名家李刚田评他的印，在汉印的基础上"多方取意，融会变通，匠心独运"，"依靠刀的表现力，形成自己独立的艺术语言"。

　　如此难以达到的艺术集成，张继为何能做得这样成功？答案在于他始终怀梦、悟理、强基、难己。

怀梦：张继有梦想。大学刚毕业，他就自取了"四融斋"的雅号，立志融诗、书、画、印为一体。梦想就是追求，他把"四融"作为人生的艺术目标；梦想就是动力，在追求"四融"的道路上，他有使不完的劲；梦想就是支柱，每逢疑难，他不屈不挠，奋力攻克！

悟理：张继有悟性。人的可用时间总是有限的，张继的成功主要在于他善悟。善悟，就能悟出诗、书、画、印共通之理，例如，都有共性的审美要求，都要继承和发展、守正和创新；善悟，就能悟出诗、书、画、印创作的互鉴价值，例如，作书时借鉴绘画的笔墨，作画时融入书法的技法，刻印时运用书法的理念，等等；善悟，就能悟出创新和突破的思路，例如，他在隶书上的独特成就，不是在隶书本体上流连徘徊，而是在其他艺术门类中吸收营养，寻找启发。

强基：基，即基础、基本功、基本素质。张继诗、书、画、印的基础扎实，早年求学期间，诗、书、画、印都受过专业教育，下过很大功夫。他喜欢文史，阅读广泛，他的综合素质充分体现在创作、教学、访谈及学术理论中。强基是他持之以恒的必修课。

难己：张继喜欢自设难题、自我挑战。俗话说，"一招鲜，吃遍天"，张继却要"四融"。自定九年一展，每展必须出新。张继似乎是一个生来就跟自己过不去的"好战"之人。难己，使他有攻不完的进取新标，在艺术追求之路上越走越远；难己，使他不停顿地超越自我，在艺术登攀进程中越走越高；难己，使他无尽地鞭策和激励自己，在艺术创作上越来越富于活力。

张继常说，"四融"对他而言是目标不是成就，这是可贵的谦逊态度，也是必备的自我认识。他说在真、草、隶、篆"四融"中，对隶书用功更多一些；而在诗、书、画、印"四融"中，还有许多方面不甚理想。此外我也想说，在赋比兴三种诗歌表现手法中，对"比"和"兴"的运用，望张继再留心和强化一点。

张继在中国当代艺坛上的耀眼之处，正是他对诗、书、画、印的"四融"，也恰恰是诗、书、画、印的"四融"，应该成为当代书画家创造属于我们这个时代的文化艺术、创造现代中华文明的共同目标和应尽责任！

我这辈子是做不到"四融"了。期待同仁们，特别是年轻一代，朝着这个方向奋发努力！

2023 年 7 月 16 日于北戴河

目　录

水域大观

诗·书·画·印

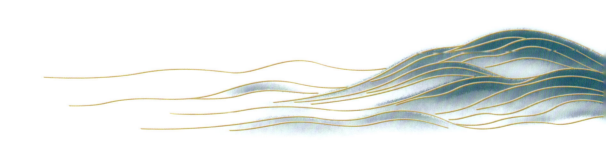

剑鱼①

锐目滑身矛颌②擎，冲行海上得常名③。

银鹰④衔剑初鸣世，破障超音赖仿生。

篆刻·破障

韵释：

目光敏锐，体滑口扁；

似矛上颌，锥刺向前。

命名以剑，劲锋刚尖；

闯行海域，力巨无边。

战机研创，利刃置端；

轰鸣出世，动地惊天。

冲破音障，极速超凡；

仿生科技，勇于开先。

注解：

①剑鱼：也叫"箭鱼"，因其上颌向前伸长如剑而得名。主要分布于除北冰洋之外的各大洋，是世界上热带和亚热带海洋中的一种常见鱼类。剑鱼的身体呈流线形，身长在 300 厘米左右，最大身长可达 500 厘米，但嘴长就占其三分之一。其外表光滑，无鳃和腹鳍；其颜色各异，大体为棕偏黑色。剑鱼的游泳速度非常快，可达到每小时 130 公里左右。在游泳时，其强有力的尾柄能产生巨大的推动力，有时它的上颌能将很厚的船底刺穿。它拥有敏锐的视力，用以观察猎物。剑鱼本身也是一种主要的食用鱼，具有重要的渔业价值。

②矛颌：像长矛一样的上颌。

③常名：即常用名，这里指"剑鱼"之名。

④银鹰：比喻飞机，多指战斗机。

绘画·剑鱼图

纸本水墨

34cm × 34cm

比目鱼^①

侧目孤存见五方^②，底栖^③尤善伪容妆。

人间莫道珍鲜味，古有传言兆瑞祥。

篆刻·五方

韵释：

两目单侧，鱼中无双；

始记《尔雅》，载于"五方"。

栖息海底，鲜见光阳；

适境色变，尤善伪装。

人间美味，寻珍觅香；

甘膳有度，佳念永昌。

远古传闻，其兆瑞祥；

虽乏佐证，吉愿悠长。

注解：

①比目鱼：别名鲽鱼、东鲆，是鲽形目鱼类的统称。绝大多数比目鱼生活在海洋中，但也有一些品种能够在淡水中生存。比目鱼体形甚扁，眼睛只生长在头的一侧，口、牙、偶鳍均偏移，具有鱼类中独一无二的不对称结构。其实，刚出生的比目鱼和正常鱼类是一样的，当幼鱼慢慢长大，其中一只眼睛便逐渐移位到头顶，直至另一侧，嘴巴也开始扭曲。到了成年后便永久性地以单侧躺卧在海底。

②五方："比目鱼"一词，在现存的古书中，最早见于《尔雅》。其中的《释地篇》称："东方有比目鱼焉，不比不行，其名谓之鲽。"而《释地篇》有"五方"类，记有五方怪异之物，东方比目鱼、南方比翼鸟、西方比肩兽、北方比肩民、中央枳首蛇。但后人研究认为，"五方"怪诞之物多为传说，并非实有其物。

③底栖：一般指栖息于海洋或其他水域底内或底表。

绘画·比目鱼
纸本水墨
34cm×34cm

电鳐①

阔胸含首体盘圆，近海底栖无迅遄。

却是异能②遐迩著，启人灵慧贵开先。

篆刻·异能

韵释：

天生此相，前后通连；

难分胸首，形若圆盘。

近海栖底，行动迟缓；

掩身待食，只盼机缘。

发电殊性，闻之奇鲜；

强能储放，名不虚传。

启人灵智，创用居先；

高掌远跖，造福世间。

注解：

①电鳐：是软骨鱼纲电鳐目鱼类的统称。电鳐身体柔软，皮肤光滑，头和胸连为一体，整体似团扇，尾部呈粗棒状，最大个体可长达200厘米。在其头胸部的腹面两侧各生长有一个肾脏形蜂窝状发电器，内置上百万块"电板"。每个"电板"表面分布有神经末梢，一面为正极，另一面为负极。在神经脉冲的作用下，这两个发电器就可以把神经能变为电能。单个"电板"产生的电压其实非常微弱，但由于"电板"数量众多，便可发出很强的电压，用于防御敌害和捕获猎物。大型电鳐发出的电流足以击倒成人。它每秒钟能放电50次。电鳐常见于世界热带、温带水域，长年栖居于海底。

②异能：这里指电鳐的发电、蓄电和放电功能。电鳐素有"海中活电站"之称。

绘画·电鳐图
纸本水墨
34cm×34cm

旗鱼[①]

洋里风帆旧有闻，东方灰旃[②]两常分。
敛旌持剑骁雄杀，影射光腾摘冠军。

篆刻·东方

韵释：

风帆状貌，拥拥纷纷；
恰如旌旃，昭然著闻。
东方灰旗，常见两分；
皆属同类，均披细鳞。
敛鳍冲刺，奋不顾身；
持剑戮敌，建立战勋。
游泳猛将，越辈超群；
疾若光影，荣获冠军。

注解：

①旗鱼：又称扁帆，是活跃于热带、亚热带大洋里的上层鱼类。背上的第一脊鳍超过体高，一如船帆，又像一面飘扬的旗帜，因此被称为旗鱼。其形体巨大，一般长度为 2—5 米，嘴的上颌如一把锋利的长剑。旗鱼生性凶猛，游泳速度极快，最高时速可达 190 公里，是鱼类中的游泳冠军。它在游泳时，把高高的背鳍收起，以减少阻力。其长剑般的嘴迅速将海水向两边分开，加之流线形的身躯和发达的肌肉，使其能像离弦的箭一般飞速前进。

②东方灰旆：旗鱼常见的有东方旗鱼和灰旗鱼两种。

绘画·旗鱼图

纸本水墨

34cm×34cm

矛尾鱼①

硕身希啜②昼舒眠，活石③两栖初见仙。

杳海隐居真隔世，亿年传代眷宗先。

篆刻·真隔世

韵释：

身形硕大，极度少餐；

黑夜出游，白日安眠。

活体化石，惊现人前；

水陆两栖，神奇若仙。

隐居杳海，不见长天；

真如隔世，乃判灭湮。

岁月更迭，嫡传亿年；

古韵犹在，眷恋祖先。

注解：

①矛尾鱼：尾鳍外形似矛状，故称矛尾鱼。它是现生唯一的总鳍鱼类。其身体呈粗长梭形，头大、口宽，牙齿锐利。有背鳍两个，第一鳍呈棘状，第二鳍呈柄状。另有胸鳍、腹鳍与臀鳍，外形和第二背鳍相似。矛尾鱼不但能呼吸空气，而且可以用鳍来走路，这是鱼类向两栖类进化的重要依据。人们一直认为矛尾鱼早已全部灭绝，但1938年有渔民在东非沿海捕鱼时竟然发现了长达1.5米的活体，因而被称为"活化石"。不像大多数鱼类，只有几十万年或几百万年的历史，而矛尾鱼的祖先早在四亿年前就生活在水里。它们凭借着强壮的鱼鳍爬上陆地，经过长期磨炼，其中一支逐渐适应了陆地生活，成了真正的四足动物；而另一支屡受挫折后于7000万年前彻底与陆地告别，又重返海洋，并且隐居在海洋深处。矛尾鱼的发现使现今所有陆地上的脊椎动物和水域中的鱼类动物紧密地联系在了一起。

②硕身希啜：矛尾鱼身体硕大。但它的食量却惊人地少，像这样新陈代谢如此缓慢的生物在世界上实属罕见。

③活石：活化石。这里指矛尾鱼。

绘画·矛尾鱼
纸本水墨
34cm×34cm

马哈鱼[①]之一

孤东岂与众鳞同，应节远还堪逆泷。

艰险新生终育得，挺身沧海浪涛中。

篆刻·逆泷

韵释：

齐目孤东，诸多俗称；

自有殊性，不与它同。

相应时节，远途逆行；

水流湍急，险难万重。

艰辛选址，皆为新生；

喜得幼仔，使命完成。

小鳞奔海，无畏汹涌；

迎风破浪，汪洋纵横。

注解:

①马哈鱼:又称大马哈鱼、孤东鱼、齐目鱼、果多鱼、奇孟鱼等,为冷水性溯河产卵洄游鱼类。多分布于太平洋北部和北冰洋。成鱼体长一般为60厘米左右,最重可达10公斤。其本性凶猛,为食肉性鱼类。马哈鱼在江河里出生后来到海洋生活3—5年,然后在夏季或秋季成群结队朝着其出生地做生殖洄游。它们沿江而上,每昼夜可前进30—50公里。马哈鱼在进入生殖期后便不再摄食。它们对产卵场地的条件要求很高:环境僻静,水质澄清,底质为砂砾,水温在11℃—20℃。终生只繁殖一次,怀卵量在4000粒以上。产卵后的大马哈鱼在一两周内即死亡。刚出生的幼鱼喜欢潜伏在石砾间黑暗的地方,长至50毫米左右便开始降河下海。

绘画·马哈鱼

纸本水墨

34cm×34cm

马哈鱼之二

瀛海茫茫齐目①多，成年洄渡傲江波。

谁人不解远归去，万里家乡有旧窠②。

篆刻·万里家乡有旧窠

韵释：

茫茫沧海，无数游鳞；

马哈频现，江河出身。

成年回渡，择时结群；

劈波斩浪，无畏艰辛。

常人惘惑，难解根因；

舍生远返，沥血呕心。

遥遥万里，家乡情深；

传宗续代，使命如金。

注解：

①齐目：马哈鱼的俗称之一。

②旧窠：旧窝，这里指马哈鱼出生的地方。

绘画·马哈鱼
纸本水墨
34cm×34cm

鲸鲨[1]

魁硕迅猋[2]堪比鲸，沧瀛骇浪任雄横。

锋牙敏嗅千般力，功在物生唯制衡。

 篆刻·堪比鲸

韵释：

身形纺锤，迅疾如风；

体格硕大，堪比巨鲸。

鱼中之冠，海上称雄；

惊涛恶浪，恣意纵横。

双颌发达，齿胜利锋；

嗅觉敏锐，寻端捕腥。

制衡生态，其有懋功；

万物不灭，循环无穷。

注解：

①鲸鲨：鲸鲨是鲨鱼的一种，是最大的鲨鱼。其身长达 20 米，体重达六七千公斤。鲨鱼身体呈长纺锤形，尾部强壮有力，上翘鳍呈尖状。吻尖前突，嗅觉极其灵敏，可嗅到数千米以外受伤的人和海洋动物。鲨鱼几乎全是肉食性种类，其拥有宽达 1.5 米的嘴巴，且两颌发达，下颌收缩肌强劲，牙齿锋利无比，可切割、撕扯并压碎食物，甚至会袭击人类或小船。鲨鱼无鳔，需不停游泳以免沉入水底。其生长慢，性成熟迟，两年只能繁殖一次，而且繁殖率极低。最小的鲨鱼为宽尾拟角鲨，成熟雄性只有 15 厘米左右，雌性 20 厘米左右，大小鲨鱼体长差距有 100 多倍。鲨鱼是著名的"海洋清道夫"，在海洋生态系统中，居生物链的最上端，对维护生态平衡有着非常重要的作用。

②迅猋：如暴风之迅猛。

绘画·鲸鲨图
纸本水墨
34cm×34cm

珊瑚①之一

风开气暖藻消多，更见酸呈②复挫磨。

万紫千红妆本色，情牵白化③近如何。

篆刻·气暖

韵释：

海水变暖，生态失匀；

鲜藻逐减，珊瑚遭损。

酸性日重，危机频频；

相依物种，难以共存。

礁体本色，绚丽缤纷；

蓬勃活力，恰似园林。

白化之疫，志士痛心；

环保大计，孰能无闻。

注解:

①珊瑚: 状如树枝, 看着像植物, 其实是动物, 是海生无脊椎动物, 由珊瑚虫的石灰质骨骼聚结而成。此类动物无头与躯干之分, 无神经中枢, 但有弥散神经系统, 当受到外界刺激时, 整体都有反应。许多珊瑚个体色彩绚丽, 其颜色不逊于陆地上的各种鲜花。由于环境污染, 导致海洋变暖与酸化。事实上, 珊瑚与某些特定的藻类已形成了共生关系, 但海水变暖就会破坏这种关系, 最终导致珊瑚白化而死亡。

②酸呈: 是指呈现酸化现象。而海洋酸化是指由于海洋吸收、释放大气中过量二氧化碳使海水逐渐变酸, 海水 pH 值下降。

③白化: 白化现象是指在一定的环境条件下, 植物由于某些原因而出现不能形成叶绿素的现象。全部白化的植物因不能制造有机物质而死亡。

绘画·珊瑚图

纸本水墨

34cm×34cm

珊瑚^①之二

斑斓五彩比芳菲，遁入幼鳞消敌威。

转报洋中千万尾，来栖此地莫思归。

篆刻·珊瑚

韵释：

珊瑚斑斓，万紫千红；

犹如芳卉，欣欣向荣。

幼鳞遁入，结为同盟；

逃避敌害，互利共生。

广而转告，免于战争；

无数族类，食甘宿宁。

忻留此地，莫思归程；

海洋宝藏，永存盛名。

注解：

　　①珊瑚：有单体和复体之分。有的单独生活，有的群体生活，我们在海洋里见到的一整块珊瑚，往往是成千上万个珊瑚的群体。珊瑚和鱼类的共生关系，首先体现在为了寻求食物或保护而有所交换。许多小热带鱼把珊瑚体当作它们的避难所和巢穴，而珊瑚则有了"保安"和"管家"，并且能够从这些鱼的排泄物中获取营养。事实上，它们的共生关系远不止于此，大量小鱼出现在珊瑚中，使得珊瑚的光合作用增强，同时这些小鱼也受益于这种光合作用。

绘画·珊瑚图

纸本水墨

34cm×34cm

海洋带[1]

海洋寒暖带三分[2]，漆黑暗冥阳日熏。

万类生灵欢界域，尤惊绝地造奇闻。

篆刻·三分

韵释：

茫茫大海，辽阔鸿深；

上下三带，寒暖区分。

百米左右，晖照阳熏；

底层漆黑，中有晨昏。

潜鳞万类，日游夜巡；

各适其域，熙熙欣欣。

尤惊绝地，异鱼遁身；

星光闪烁，堪称奇闻。

注解：

①海洋带：根据太阳光射入海洋的深度，海洋可以分为三个带。海面至海面以下大约 150 米深的区域称为阳光带，这里可以接收到阳光，绝大多数的海洋生物都生活在这个区域里；距海面 150—1000 米深的这段区域称为晨昏带，在这里，阳光逐渐变得暗淡，但许多生物仍然活跃在这一区域。1000 米以下的海水区域称为死光区，这里漆黑一片，寒冷无比。4000 米以下，甚至 6000 米以下，是海洋最深的区域，可以叫作深海，这里有星光鱼游来游去。

②三分：这里指海洋在太阳照射下，根据阳光投射深度而划分出三个区域。

绘画·海洋带
纸本水墨
34cm×34cm

潮汐①

夜间来汐日间潮，娥月②羲阳③遥应招。

溅玉喷珠腾锐势，掀天揭地起狂飙。

篆刻·溅玉喷珠

韵释：

汪洋大海，澎湃波涛；

汐在黑夜，日间涌潮。

太阳吸引，月球相招；

周期涨落，规律难逃。

巨流倾动，水位堆高；

溅珠喷玉，气锐势豪。

鸣声若雷，响彻云霄；

掀天揭地，迭起狂飙。

注解：

①潮汐：在不考虑其他星体对地球的微弱作用情况下，由于月球和太阳的引潮力而形成的海水周期性涨落的自然现象，白天的称作潮，夜间的称作汐，总称为"潮汐"。一般每日涨落两次，也有一次的。作为完整的潮汐科学，其研究对象应将地潮、海潮、气潮作为一个统一的整体。但由于海潮现象十分明显，并且与人们的日常生活、经济活动和交通运输等关系密切，因此人们习惯将"潮汐"一词理解为狭义的海洋潮汐。我国的钱塘江大潮即为世界三大名潮之一，它是天体引力加上地球自转的离心作用以及杭州湾的特殊地形所形成的特大涌潮。

②娥月：即月亮。因传说月中有嫦娥，故名。

③羲阳：太阳的别称。出自三国魏·阮籍《咏怀》之二十一："于心怀寸阴，羲阳将欲冥。"

绘画·潮汐图

纸本水墨

34cm×34cm

波浪能①

汪洋万里浪滔天，惊魄巨轮飘亦颠。

永量水能②擎动势，效功人宇惠无边。

篆刻·永量水能

韵释：

浩淼万里，极度壮观；

狂风奔荡，骇浪滔天。

惊魂撼魄，地转日颠；

超级巨轮，飘摇若悬。

周而复始，波涛翻卷；

能量世界，重要资源。

危机缓解，减少污染；

实现梦想，惠人无边。

注解：

①波浪能：是指海洋表面波浪所具有的动能和势能，是海洋能的一种具体形态，也是海洋能中最主要的能源之一，具有能量密度高、分布面广等优点。波浪是海水惊心动魄的大规模宏观运动，风越大，浪就越高，而风的能量又来自太阳，因此波浪能可以说是太阳能的另一种浓缩形式。但波浪的破坏力也大得惊人，在大浪中万吨巨轮也就像一片树叶一样随风漂荡，有的甚至倾覆。21世纪，人类利用大海资源已成为必然趋势。海浪总是昼夜不停，周而复始地拍打着海岸，其中所蕴藏的波浪能是一种最易于直接利用且取之不竭的再生清洁能源，如果能将波浪能充分利用起来，对缓解能源危机和减少环境污染可以说是非常重要的。

②水能：是指包括海洋在内的水体的动能、势能和压力能等能量资源，是一种清洁、绿色的能源。它还是一种可再生能源，主要用于水力发电，将水的势能和动能转换成电能。

绘画·波浪能
纸本水墨
34cm×34cm

鼎足鱼[1]

躯身白化惯昏瞳，远害深藏避飓风。

尤有惹怜[2]三足立，多能鳍鼹[3]贵神通。

篆刻·三足立

韵释：

隐身海底，白化形成；

光阳不见，盲眼昏睛。

深藏躲退，力避飓风；

远害遁迹，与世无争。

三足直立，貌若古鼎；

惹人喜爱，堪称一景。

多能鱼鳍，亦跃亦行；

尤可感物，大显神通。

注解:

①鼎足鱼:生活在2000米深的海底,身体呈白色,这基本上是深海鱼类所具有的共同特征。此种鱼长有三条"腿",以三足鼎立的姿势站在海底,就像一只古代的鼎。其实这三条"腿"分别是由一对胸鳍和一个尾鳍发展起来的,不仅能充当运动器官爬行、跳跃,还能充当感觉器官。因为鼎足鱼长期生活在漆黑的海底,眼睛的功能逐渐退化,而它们"腿"上分布有许多神经末梢,能够代替眼睛来感知周边环境,从而顺利地寻找食物以及躲避敌害。

②惹怜:惹人爱。

③鳍鬣:鱼类的鳍棘。

绘画·鼎足鱼

纸本水墨

34cm×34cm

神仙鱼①

扬鳍掉尾燕翩跹，潇散温情多见怜。

纵有虎皮②时寇扰，犹为天使赛神仙。

篆刻·赛神仙

韵释:

鳍扬秀挺，犹若船帆；

摇臀摆尾，燕舞翩跹。

温情静雅，容貌嫣妍；

潇洒超逸，心爱梦牵。

时遭侵扰，虎皮刁顽；

虽无重创，有损颜鲜。

纵然如此，姿美难掩；

天使之象，恰似神仙。

注解：

①神仙鱼：又名燕鱼、天使鱼、小鳍帆鱼等，原产于南美洲。其背鳍和臀鳍很大很长，挺拔如三角帆。神仙鱼的身长 12—18 厘米，高达 15—20 厘米。腹鳍演化成触须，尾柄短。胸鳍无色且透明。从侧面看其游动，如同燕子翱翔。神仙鱼性情文静，泳姿潇洒，被人们誉为"热带鱼皇后"。其平均寿命在 5 年左右。神仙鱼有领地意识，但经常遭到虎皮鱼的侵扰。

②虎皮：虎皮鱼。

绘画·神仙鱼

纸本水墨

34cm×34cm

蝴蝶鱼①

翩翩群独②美玲珑，觅食日游雌配雄。

纹样巧施常惑敌，应机风疾遁礁中。

篆刻·纹样巧施

韵释：

翩翩起舞，绚丽玲珑；

成双结对，群游独行。

日间觅食，夜宿静宁；

求偶交配，雄追雌迎。

幼鱼奇异，尾现假睛；

迷惑敌害，以利逃生。

跃动迅疾，斗巧身灵；

时不我待，速遁礁中。

注解：

①蝴蝶鱼：生活在热带或暖温带水域。蝴蝶鱼有 120 多个种类，一般个体较小，体色大部分鲜艳美丽。其体形侧扁，呈菱形或近于椭圆形。小鱼在背鳍或身体后方通常会生长出一个伪装的眼斑，叫作"假眼"，而真正的眼睛反而以一条黑色带来掩饰，目的是用来蒙骗侵略者，误将尾部当作头部进行攻击，从而争取逃跑的机会，但眼斑会随着小鱼的成长而逐渐消失。它们一部分也出现在微咸河口或封闭港湾，通常沿着岩礁陡坡活动，最常见于不足 20 米的浅水珊瑚礁附近，也有的栖居在 200 米以下的深水区。蝴蝶鱼是很典型的日行性鱼类，白天出来觅食或交配，晚上躲在礁洞中休息。觅食时或结群，或成对，或独行。其行动迅速，稍受惊动便躲入珊瑚礁或岩石缝中。

②群独：结群或者单独行动。

绘画·蝴蝶鱼
纸本水墨
34cm×34cm

刺豚①

水生末底自情甘，团体②长游苦不堪。

纵使每擎森卫剑，弗矜③殊绝倨深蓝。

篆刻·森卫

韵释：

浅海之底，刺豚流连；

啃嚼硬食，情愿心甘。

体短眼阔，躯身圆团；

拙于远游，痛苦不堪。

敌害侵扰，自有机关；

棘针密集，护卫壮胆。

纵然如此，了无霸权；

和平相处，与邻为安。

注解：

①刺豚：又名刺鲀，属鲀形目刺鲀科属鱼类，有 15 个品种，身长
20—90 厘米，是一种生活在海洋底层的鱼类。其体短而肥厚，浑身
长满坚硬的长刺，它的刺是在漫长的自然演化中，由鳞片逐渐变化而成，
是它唯一的自卫武器。平时这些刺就像鳞片一样平贴在身上，当遇到敌
害侵袭的时候，刺豚就冲向海面，吸入空气和海水使气囊中充满气体，
身上的刺也就竖立起来，就像一只带刺的球。刺豚分布在世界三大洋近
海处，以西太平洋和印度洋的种类为最多。

②团体：团团的身体。

③弗矜：不骄矜自恃。

绘画·刺豚图
纸本水墨
34cm×34cm

三带双锯鱼①

顺将小丑冠殊名②，和与海葵同此生。

一体雄雌穷则变，孵新偶配向专诚。

篆刻·小丑

韵释：

斑斓色彩，椭圆身形；

状如小丑，顺势冠名。

和平居处，海葵丛中；

互为关照，彼此兼容。

世界之大，无奇不生；

两性同体，变雌于雄。

一妻一夫，由来专诚；

孵新护卵，各尽其能。

注解：

①三带双锯鱼：又称小丑鱼、海葵鱼等。"小丑鱼"的称呼来自其身上斑斓的色彩搭配，很像马戏团里穿着花花绿绿的表演服并化了妆的小丑。三带双锯鱼体呈椭圆形，最大长度为 11 厘米，雌性相对较大。其身体三条白色横带为明显特征。它们栖息在浅水域珊瑚礁区的海葵丛中，与海葵共生。日常以浮游动物、小型甲壳动物及藻类等为食，并从宿主海葵中获取食物。海葵的触手上原本密布着有毒的刺细胞，但它们视小丑鱼为同类，因此不放射毒液。三带双锯鱼还有一个重要特征是原雌雄同体，在同一群体中，所有的鱼都先发育成雄性，而其中最大的鱼是雌性，但如果雌性死亡或移走，另外最大的雄性个体将变为雌性。在一个群体中，最大的鱼总是雌鱼，第二大鱼是雄鱼，它们是该群体中唯一繁殖的两个个体，并且它们之间的一夫一妻关系非常牢固。

②殊名：与众不同的名号或名称。

绘画·三带双锯鱼

纸本水墨

34cm×34cm

海马①

奇闻孕育自雄身，慵惰迂徐②日跃鳞。

待到迅猋桡足③现，立时龙马焕精神。

篆刻·龙马精神

韵释：

自古至今，孕在母亲；

雄体育子，天下奇闻。

此鱼懒惰，借力浮沉；

白日迟游，夜间静心。

桡足迅捷，水中纷纭；

海马喜食，待其现身。

猎物狡黠，频出速隐；

见机捕获，立抖精神。

注解：

①海马：是生活在热带海洋浅海中的一种小型鱼类动物，头部有点像马，身长在5—30厘米。在自然海域中，海马通常喜欢生活在珊瑚礁的缓流中。因为性情懒惰且不善游水，所以经常用它那适宜抓握的尾部紧紧钩住珊瑚的枝节及海藻的叶片等，将身体固定。有时也倒挂于漂浮着的海藻或其他物体上随波逐流。海马的游水姿势十分优美，身体直立水中做直升直降的缓慢游动。其活动多在白天，晚上则呈静止状态。海马是地球上唯一一种由雄性生育后代的动物，但它并不是雌雄同体，只是由雄性孵化。雄海马的腹部、正前方或侧面长有腹囊（俗称育儿袋），交配期间，雌性把卵子释放到育儿袋中，再由雄性负责为这些卵子受精。雄海马会一直把受精卵存放在育儿袋里，直到幼子发育成形才会以喷射的方式把它们释放到海水中去。

②慵惰迂徐：懒惰，缓慢。

③桡足：指桡足类生物，隶属节肢动物门、甲壳纲、桡足亚纲，为小型甲壳动物，分布于海洋、淡水或半咸水中。

绘画·海马图

纸本水墨

34cm×34cm

射水鱼①

阔视长依水泡睛，射擒精准久闻名。

莫言绝技先天力，恳苦耽勤而后成。

篆刻·射擒精准

韵释：

嘴尖头平，水泡眼睛；

视野开阔，兼顾上空。

射猎准确，强击飞虫；

擒获为食，遐迩闻名。

如此绝技，人道天生；

纵有祖性，贵在用功。

刻苦勤恳，而后大成；

效其精魄，无所不能。

注解：

　　①射水鱼：是射水鱼科七种鱼的统称。大多生活在印度洋到太平洋一带的热带沿海及江河中。射水鱼体长 20—30 厘米，体形侧扁，头长而吻尖，长有一对水泡大眼。其嘴沿之上生有一道细槽，同舌头贴合形成射管以便射水，这一特殊的口腔结构能让射水鱼喷射出强有力的水柱。它在水中游动时，能看到空中的物体，还能巧妙地修正水与空气之间的光线折射角度以及重力所导致的水柱抛物线的扭曲，从而准确地击中猎物，也由此而闻名于世。射水鱼身体颜色搭配非常美丽，总体呈淡黄色，略带绿色，体侧有 6 条较粗的黑色条纹，尾部呈淡黄色，是一种欣赏价值很高的鱼类。

绘画·射水鱼

纸本水墨

34cm×34cm

飞鱼①

鸟翼鱼身容体微，长梭利箭岂能肥。

倏然敌害来侵扰，振尾腾空已奋飞。

篆刻·奋飞

韵释：

本为海鱼，双翼似鸟；

相貌奇特，体形瘦小。

梭身流线，岂有肥膘；

蹿奔如箭，亦若飞刀。

鳞游群进，时遇侵扰；

浅层洋域，险衅频遭。

水下加速，不惧浪涛；

极力振尾，腾空奋逃。

注解：

　　①飞鱼：广泛分布于全世界的温带、热带海洋，以能"飞"而著名。其体形小，最大约长 40 厘米。飞鱼长相奇特，发达的胸鳍一直延伸至尾部，像鸟类的翅膀一样。飞鱼常常夜间"飞行"，它们凭借自己流线形的身体，可以在海面之上以每秒 10 米的速度高速运动，时间长达 40 秒左右，最远距离可达 400 多米。但它们并不是真正的飞翔，其实只是滑翔。飞行前，它们在水下加速，游向水面时，鳍则紧贴着身体，一旦冲出水面就把大鳍张开，尚在水中的尾部则快速拍击，从而获得额外推力，待力量足够时，身体完全出水，于是腾空而起。它们可作连续滑翔，每次落回水中时，尾部又把身体推起来。因为飞鱼生活在海洋的上层区域，常常是各种凶猛鱼类争相捕猎的对象，所以它们的"飞行"也主要是为了逃避敌害的追捕。

绘画·飞鱼图
纸本水墨
34cm×34cm

鮟鱇鱼[①]

称奇头柄自生光，魅惑猎鱼尤擅长。

千宝蛤蟆多远效[②]，何时供享护安康？

篆刻·安康

韵释：

外形奇特，不同寻常；

头顶生柄，自身闪光。

诱引猎物，凑近刈亡；

巨口吞啮，食场呈强。

此鱼称宝，肉质精良；

健体护目，丰盛营养。

黎民富足，时时供享；

造福人类，永保安康。

注解：

　　① 鮟鱇鱼：俗称结巴鱼、蛤蟆鱼、琵琶鱼等，属硬骨鱼纲，为近海底层肉食性动物。广泛分布于印度洋、太平洋、大西洋，也见于北冰洋，中国沿海也均有产。鮟鱇鱼种类多样，最大长1—1.2米，其外形非常奇特，头巨大而扁平，嘴扁而阔，下颌突出，双眼长在头背上。口中一排利齿向内倒伏，身体无鳞。鮟鱇鱼看上去很笨拙，不善游水，但它却是捕鱼的能手。其头部上方有一肉状物突出，形似小灯笼，是由第一背鳍逐渐向上延伸而形成的。小灯笼能发光，这是因为其内部的腺细胞能够分泌光素，在光素酶的催化下，与氧作用进行缓慢的化学氧化而发光的。深海中很多鱼类都有趋光性，小灯笼虽然可以引诱猎物，但有时也会引来敌害，所以当遇到凶猛的敌人时它会迅速把小灯笼塞到嘴里，趁着黑暗转身逃跑。此外，鮟鱇鱼的雄鱼是终生寄生在雌鱼身上的，依靠雌性的血液来维持生命，并通过静脉血液循环进行交配，最终形成大小悬殊的一对夫妻。

　　② 远效：长远之效。这里指鮟鱇鱼所具有的营养和保健效果。鮟鱇鱼属于深海鱼，它的肉质紧密，纤维弹性十足，比一般鱼肉更加鲜美，不仅含有丰富的维生素A和维生素C，还含有十分丰富的胶原蛋白。适量食用它的肝脏可以起到保护视力、清肝明目的作用，还能有效提高人类的造血功能，预防贫血。

绘画·鮟鱇鱼

纸本水墨

34cm×34cm

鮣鱼①

徒有梭身却拙游，吸盘相宿喜鲨舟②。

重洋敢向求鲜食，贪懒应为蒙愧羞。

 篆刻·蒙愧羞

韵释：

平吻阔口，细尾扁头；

身形如梭，竟然拙游。

椭圆吸盘，置于其首；

依附硕鱼，尤喜鲨舟。

远向遥海，觅食逗留；

随遇宿主，频仍迁流。

免费差旅，生计无忧；

贪懒成性，应感愧羞。

注解：

①鲫鱼：别名长印鱼、吸盘鱼、粘船鱼等，属大洋性、食肉性鱼种。其最大体长在 90 厘米以内，体色棕黄或黑色。其头部扁平，口大，下颌前突，身体向后渐呈柱状，尾柄细。鲫鱼最明显的特征是头部顶端生有一吸盘，是由第一背鳍演变而成的。除头部和吸盘无鳞外，全身披小圆鳞。鲫鱼下水深度一般在 20—50 米。其游泳能力较差，主要靠头部的吸盘吸附在船底或各种游水能力强的大型鱼类、海龟身上远游和索食。当到达饵料丰富的海域，便脱离宿主，摄取食物，然后再吸附于新的宿主身上，转移至另一水域。

②鲨舟：鲨鱼和船舟。

绘画·鲫鱼图

纸本水墨

34cm×34cm

中华鲟①

名冠中华独一鲟，千年旅外故园心。

活鲜化石②无伦比，危绝谁知正迫临。

篆刻·名冠中华

韵释：

纺锤身形，尖头突吻；

中华名分，独此一鲟。

常居外海，时记初心；

长江回渡，繁衍子孙。

熊猫之誉，无比贵珍；

活鲜化石，价值超群。

环境趋恶，灭绝濒临；

危机四伏，得失在人。

注解：

①中华鲟：别名鲟鱼、鳇鲟、潭龙等，属肉食性底栖鱼类。是我国一级重点保护野生动物。其体呈长梭形，头呈三角，形尖吻长，腹部平直。常见体长1米左右，最长可达5米，体重可达600公斤，是长江中最大的鱼，有"长江鱼王"之称。其食性非常窄，主要食用一些小型的或行动迟缓的底栖动物。秋季生活在长江口外近海流域的中华鲟回到金沙江一带产卵繁殖，待幼鱼达到30厘米左右入海培育生长。生命周期较长，寿命最长可达40年。

②活鲜化石：中华鲟是鱼类的共同祖先——古棘鱼的后裔，是地球上最古老的脊椎动物，和恐龙生活在同一时期。我国曾在辽宁北票晚侏罗纪地层中发现过鲟类化石，名为北票鲟。

绘画·中华鲟

纸本水墨

34cm×34cm

金鱼①

金鳞国粹②史悠悠，掉尾扬鳍惬漫游。

十色缤纷人醉悦，仙标极品誉寰球。

篆刻·十色缤纷

韵释：

红黄金鲤，源自神州；

堪称国粹，历史悠久。

扬鳍摆尾，飘若彩绸；

春来秋去，惬意漫游。

五色绚丽，人皆回眸；

赏者心醉，美不胜收。

科学繁养，志士探求；

仙风极品，誉满全球。

注解：

①金鱼：起源于中国，又称金鲫鱼，是世界上著名的三大观赏鱼类之一。它是由野生鲫鱼演化而来的，至今已有1700多年历史。自然界中的鲫鱼体色为背灰腹白，比较容易躲避敌害。但有时鲫鱼的色素细胞会发生变异使其体呈金黄色，这就是金鱼的祖先。而中国人在很早之前便开始利用了这种变异，将金鱼半家化饲养。自宋代开始人工养殖，至明清发扬光大。自1502年金鱼传到日本之后逐渐传遍全世界。新中国成立后，我国科学家更是对金鱼的保护和繁育做出了大量贡献。

②金鳞国粹：金鱼是我国的国粹，有着深厚的历史底蕴。据研究，其最早出现在魏晋时期，当时就有关于"赤鳞鱼"即金鱼的文字记载。随着时间的推移和历史的发展以及一代代的改良，金鱼不断进化，逐渐形成了当今草、龙、文、蛋四大种类。

绘画·金鱼图
纸本水墨
34cm×34cm

带鱼①

银带长身誉有加，殊功海产业昌遐②。

天然隽味山之量，频入寻常百姓家。

篆刻·频入寻常百姓家

韵释：

体扁色银，尖首长身；

人人皆爱，赞誉纷纷。

四大海产，唯其独尊；

功高势盛，业兴若春。

天然美味，百姓可心；

如山之量，目击耳闻。

频入万户，乐众惠群；

国富民实，不胜欢欣。

注解：

①带鱼：又称刀鱼、白带、裙带鱼等，主要生活于西太平洋和印度洋，中国的黄海、东海、渤海和南海均有分布。带鱼体长侧扁，呈银灰色带状，其身长1米左右。全身光滑无鳞，头尖、口大、尾长。带鱼有昼夜垂直移动的习惯，白天群栖于海洋中下层，晚间活动于底层。其游泳能力较差，静止时头向上呈垂直状，眼睛汁视着头顶，若发现猎物便迅速捕获。其性凶猛，主要以乌贼、毛虾为食。中国沿海的带鱼可分为南、北两大类，北方个体较南方个体大。带鱼是我国重要经济鱼类，与大黄鱼、小黄鱼、乌贼并称中国四大海产鱼，其产量位居第一，堪称家庭餐桌上普及率最高的海鲜。

②昌遐：永远兴旺。

绘画·带鱼图

纸本水墨

34cm×34cm

蝠鲼①

俄然海上一风筝，宏盛奇观势若鲸。

迢远洄游时避害，怪殊魔鬼却温情。

篆刻·海上风筝

韵释：

宽体扁平，酷似风筝；

敏捷出海，倏然凌空。

巨毯张阔，魄力若鲸；

壮观场面，气势恢宏。

应时迁徙，洄游远行；

滑翔避害，机智逃生。

宗传亿载，先祖定形；

貌如鬼怪，和顺温情。

注解：

①蝠鲼：又称魔鬼鱼、毯缸，属软骨鱼纲，因其游姿和飞行的蝙蝠相似而得名。蝠鲼身体扁平，宽大于长，最大宽8米有余，重约3吨，整体犹如一张巨大的毯子。加之它的身体后部有一条又圆又细的尾巴，又很像一面海上风筝。蝠鲼体呈青褐色，口宽大，眼睛在下侧位，能侧视和俯视。其性情温顺，平时缓慢地扇动着大翼在海洋中悠闲游动，有时成群游泳，雌雄常偕行。在一亿多年前，它们的祖先便在海洋中畅游，而其体形就几乎没有发生过变化。但目前，蝠鲼已被国际组织列为濒危物种。蝠鲼最具特色的习惯就是它那凌空出世般的飞跃绝技，时常伴以漂亮的空翻，随后"轰隆"一声落到海里，场面十分壮观。

绘画·蝠鲼图

纸本水墨

34cm×34cm

龙鱼[1]

寻踪远古族亲殊，金白银青龙吐珠。

极品财人争探赏，祥祺富贵佑生途。

篆刻·龙吐珠

韵释：

远古寻踪，族亲不同；

各方水域，若干异种。

鳞色多样，金白银青；

光闪体外，珠含口中。

训养观赏，世界风行；

每遇极品，豪富逐争。

其如王者，亦似神龙；

寓意祥贵，保佑人生。

注解：

　　①龙鱼：是一种大型的淡水鱼，早在远古石炭纪时就已经存在。到了近代，人们根据不同品种把龙鱼分成了金龙鱼、橙红龙鱼、黄金龙鱼、白金龙鱼、青龙鱼和银龙鱼等。其成鱼体长50厘米左右，最大可达100厘米左右，寿命在10年以上。因成鱼将卵产含于口中直至孵出幼鱼，所以有"龙吐珠"之俗称。龙鱼性情凶猛，主要猎食鱼、虾、泥鳅、青蛙等。真正将龙鱼作为观赏鱼引入水族箱是从20世纪50年代后期的美国，直至80年代逐渐风行世界。因其浑身覆盖着硕大且鲜艳的鳞片，活像神话中的龙。龙鱼作为华人龙情结的最佳寄托，形成了中国龙文化不可分割的组成部分——龙鱼文化。

绘画·龙鱼图

纸本水墨

34cm×34cm

三棘刺鱼[①]

希闻水下筑新房，匹偶齐家孕育忙。

三刺苦心相翼护，如山父爱更情长。

篆刻·如山父爱

韵释：

三棘刺鱼，身在海洋；

世间难晓，水下建房。

通体色变，求偶配双；

持家育宝，终日繁忙。

形影不离，保子安康；

苦心相护，勇于担当。

如山父爱，儿女情长；

感人至切，堪称佳良。

注解：

①三棘刺鱼：是生活在海洋中的一种小型硬骨鱼，因脊背上有三根坚硬的棘刺而得名。它是著名"水下建筑师"，能以鸟类的方式来筑巢穴。雄鱼在生殖期间，体色会由过去的暗灰色很快变成桃红色，被人们称之为求偶色。这期间它很忙碌，首先要挑选未来配偶生育的最佳场所，然后开始搜集各种筑巢的材料，用自己肾脏中分泌出的一种黏液将材料经过身体摩擦黏合成一个非常坚固而漂亮的鱼巢。有了房子，雄鱼便开始追求雌鱼，跳着舞蹈把雌鱼引到"洞房"口，如果此时雌鱼想退走，它就会以刺威胁。雌鱼产卵后，雄鱼便进入巢中受精，并单独守护。大约一周后，新孵出的成群幼鱼在"父亲"的看护下到巢穴附近活动。又几周后，它们便开始了独立生活。

绘画·三棘刺鱼

纸本水墨

34cm×34cm

鲸鱼①

远古奇希复水生，单苗哺乳冒鱼名。

莫言天力雄身巨，或是温情且富情。

篆刻·天力雄身

韵释：

远古时代，登陆有鲸；

史上罕见，复入洋中。

哺乳动物，冒用鱼名；

盈年含孕，每育独生。

体长十丈，堪称巨型；

破浪猛进，力大无穷。

如此殊类，亦多温情；

再造之德，相待以诚。

注解：

　　①鲸鱼：是生活在海洋中的一种典型的水栖哺乳动物。鲸类有两大支系，分别为须鲸和齿鲸。须鲸体形巨大，最大长达30多米，重200多吨，是世界上最大的动物，齿鲸体形总体比须鲸小。其中有一些种类的鲸，不仅智商高，而且温顺，甚至具备复杂的情感。研究表明，在物种进化史上，一切脊椎动物均由三亿年前海洋中的鱼类演化而来。而鲸类的祖先在离开海洋二亿五千万年后又重返海洋，被叫作"二次入水"。为适应水下环境，鲸类在生理及结构上都发生了显著变化，比如其体毛褪去，前肢进化为鳍，后肢退化，并生出尾鳍；鼻孔移生至头顶，以便呼吸氧气。同时鲸鱼还具备了长时间潜水及回声定位能力。虽然其视力较差，但有良好听力。由于环境恶化和人类的大量捕杀，许多鲸类已濒临灭绝。在我国的鲸类动物均被列为国家一级或二级保护野生动物。

绘画·鲸鱼图

纸本水墨

34cm×34cm

金枪鱼①之一

史称金姓②着银装，叉尾尖身疾若枪。

尤是聚心无界障，驱涛万里傲重洋。

篆刻·驱涛万里

韵释：

鲭科之属，硬骨鱼纲；

史称金姓，身着银装。

躯体流线，末端细长；

尾鳍呈叉，疾驰若枪。

出行团队，阵巨势强；

排除险阻，昼夜远航。

不惧万里，无畏风狂；

逆涛破浪，傲视重洋。

注解：

①金枪鱼：又名鲔鱼、吞拿鱼，属硬骨鱼纲。分布在太平洋、大西洋和印度洋的热带、亚热带和温带广阔水域。金枪鱼身体为银色，呈长纺锤形，粗壮而圆，尾细尖长，尾鳍呈叉状或新月状。它强劲的肌肉等体征适于快速游水，最快速可达每小时 160 公里。金枪鱼游泳时需张着口以便使水流经过鳃部而吸氧呼吸，如果停止就会窒息。它们没有固定的栖息场所，旅行范围可以远达数千公里，因此人们称之为"没有国界的鱼类"。

②金姓：这里戏称金枪鱼姓"金"。

绘画·金枪鱼
纸本水墨
34cm×34cm

金枪鱼之二

群游俯瞰若林森[1]，度夏凌冬浅复深。

修得肌肪丰实美，堪称直值赛黄金[2]。

篆刻·赛黄金

韵释：

平生善泳，远行集群；

空中鸟瞰，恰若森林。

奋然挺进，时浅时深；

秋冬春夏，无畏艰辛。

驰骋沧瀛，积力千钧；

肌肪丰实，健体壮身。

肉质鲜美，海味极品；

其值超拔，胜似黄金。

注解：

①群游俯瞰若林森：金枪鱼的种群意识非常强。如果向大海里看，常常会发现成群的金枪鱼排着整齐的队列震撼出行，犹如移动的森林。其中体态小的在前面，体态大的在后面，而最前面的是一条领头鱼。

②直值赛黄金：这里指金枪鱼的价值。由于金枪鱼必须经常保持快速游动才能维持身体的供给平衡，因此肉质丰实鲜美，是不可多得的健康美食，向来被视为海鲜料理中的极品。其经济价值高，素有"海洋黄金"之称。

绘画·金枪鱼

纸本水墨

34cm×34cm

水母①

天然美塑若铃钟，咸淡浅深浮影踪。

贵有耳聪超法力，催人避暴战灾凶。

篆刻·明胶美塑若铃钟

韵释：

天然形塑，剔透晶莹；

正如亮伞，亦若美铃。

深浅水域，皆见影踪；

不计咸淡，浮游潜行。

神奇触手，尤胜耳聪；

法力超绝，预报浪风。

感其殊异，惊其玄灵；

海客泰定，遁险避凶。

注解:

①水母:是水生环境中无脊椎浮游动物,它们的出现甚至比恐龙还早。水母的身体外形就像一把透明的伞,其直径有大有小,最小的仅有 10 厘米左右,最大的可达 2 米。有的不仅颜色多变,而且还会在水中发光。水母没有大脑、心脏、骨骼、血液、鳃等。伞状体边缘生长有须状的触手,有的触手长度可达 20—30 米。其触手上生有小小的听石,这是它的"耳朵"。水母的身体里主要成分是水,而其运动则是利用体内喷水反射力前进。全世界的水域中有超过 250 余个形态各异的品种,无论是热带水域还是温带水域,甚至淡水区都有它们的踪影。

绘画·水母图
纸本水墨
34cm×34cm

海狮^①

情温视弱嗅听灵，昼食迎阳夜岸暝。

潜水助人^②功有誉，谁知表演却成星。

篆刻·表演成星

韵释：

本性胆怯，温顺柔情；

体圆视弱，嗅敏听灵。

白昼觅食，向日临风；

夜间歇宿，据岸而暝。

潜水捕猎，一逐多能；

巡侦施救，兴业殊功。

尤善表演，倒立腾空；

掷球绘画，俨然明星。

注解：

①海狮：体形较小，一般不超过 2 米长，成年雄性颈部周围及肩部生有长而粗的鬃毛，而雌性比雄性毛色淡，无鬃毛。海狮面部短宽，眼睛和外耳壳较小，吻部圆钝，牙齿与陆地食肉兽相似，前肢较后肢长且宽。其视力较差，但听觉和嗅觉敏锐。它们比较胆小，性情温顺，多集群活动，并且有着各种各样的通信方式。海狮无固定生活空间，多生存在食物充足的地方，食物主要为底栖鱼类和头足类。它们白天在海中捕食，夜晚则在岸上睡觉。

②潜水助人：科学家利用海狮喜欢磷虾的特性，在它们身上安装了电子记录仪，用于监测其游泳速度及活动范围等，使之发挥"特约科学员"的作用。特别是经过驯化的海狮还能潜入海底帮人们打捞物品、救助生命并进行水下军事侦察等。

绘画·海狮图

纸本水墨

34cm×34cm

银鲛①

硬骨相兼软骨纲，居深游弱毒为防。

新知其首灵能绝②，进化科研功亦彰。

篆刻·其首灵能绝

韵释：

本属软骨，硬骨相兼；

俗称海兔，鲨鳐近缘。

深居水底，适应冷暖；

拙于游动，携毒求安。

其首绝异，别有器官；

繁衍后代，电测万端。

科研进化，再开新篇；

功在当下，慧泽永年。

注解：

　　①银鲛：俗称带鲨、海兔，多分布于大西洋和太平洋的热带和温带较深海域，栖息在2000多米的深海中。其体长50—100厘米，纺锤形，体侧扁而尾细长，头大，口小眼大，左右鼻孔靠近，体色由银白色到灰黑色不等。银鲛背鳍前端的刺连接着毒腺，用于自卫。其游动能力较差，易被捕获，离水即死。银鲛属软骨鱼纲，但也具有硬骨鱼类的特征，是进化研究中不可或缺的重要鱼类。

　　②其首灵能绝：为了适应漆黑的深海环境，银鲛的头部进化有灵敏的电接收器，能够探测到其他海洋生物的电场变化。此外，它的头部生长着生殖器，且能伸缩自如。

绘画·银鲛图
纸本水墨
34cm×34cm

海豹①

海豹居洋多近亲，美斑唯独驻其身。

潜游趋暗无关碍，族类今时尽贵珍。

篆刻·美斑驻身

韵释：

南北两极，海豹集群；

品类繁杂，皆为近亲。

躯体肥壮，短毛披身；

美斑独具，厚脂护温。

游泳高技，本领迷人；

尤善潜水，不计远深。

时遇厄运，频遭掠擒；

今世力保，缘其贵珍。

注解:

①海豹: 是海洋胎生哺乳动物, 全世界有 10 余种。其身体呈流线形, 全身披短毛, 头近圆形, 眼大而圆。耳朵退化成两个耳洞, 没有外耳廓, 游泳时可自由开闭。海豹的四肢变为鳍状, 适于游水与潜水, 但无法行走, 所以在陆地上活动时总是拖着后肢爬行。它们还有一层较厚的皮下脂肪, 用以保暖, 并提供食物储备, 产生浮力。海豹大部分时间栖息在海中, 脱毛、繁殖时才到陆地或冰块上生活。它们主要捕食各种鱼类和头足类, 有时也食用甲壳类, 食量很大。海豹也是鳍足类中分布最广的一类动物, 遍布全世界大小海域, 主要分布在北冰洋、太平洋、大西洋。其经济价值极高, 因此常遭严重捕杀, 有的品种已被列为濒危保护动物。

绘画·海豹图
纸本水墨
34cm×34cm

海藻^①

海陆毗连浪缓冲，无花无果藻葱笼。
得天光合^②高能释，绚丽瀛洋标美功。

篆刻·无花无果

韵释：

水陆相触，风浪缓和；
阳晖充沛，矿物众多。
藻类丰茂，无花无果；
红色褐色，体态婀娜。
氧气释放，依靠光合；
单株长串，均有固着。
五彩绚丽，观者中魔，
大洋景胜，其功可歌。

注解:

①海藻:别名有大叶藻、大蒿子、海根菜、海草等,是海带、紫菜、裙带菜、石花菜等海洋藻类的总称,是生长在海中的藻类,属隐花植物。它们一般分布在低潮线以下的浅海区域,即海洋与陆地交接的地方。每一种海藻都有其固定的潮位,这主要和其所含色素的种类与含量比例有关,因为不同色素所需的光线波长不同。藻类虽无花、果、种子等构造来繁衍后代,却具备有性生殖和无性生殖两种方式来适应环境。在它们一生中,无性生殖与有性生殖经常有规律地交替进行,形成复杂的生活史。

②光合:光合作用,通常指绿色植物(包括藻类)利用太阳的光能,把二氧化碳和水合成有机物质并释放氧气的过程。光合作用对实现自然界的能量转换,维持大气的碳、氧平衡具有重要意义。

绘画·海藻图
纸本水墨
34cm×34cm

海带①

栖身岩石舞波涛，褐绿裁成纶布袍。

不见披衣偏入碟，佳肴瘦体降三高②。

篆刻·佳肴瘦体降三高

韵释：

洋边底部，冷水鲜藻；

附着岩石，舞动波涛。

色呈褐绿，扁平长条；

实为海菜，又若布袍。

不见衣挺，亦无裙飘；

唯有餐宴，装碟入煲。

堪称美食，隽味佳肴；

润肤瘦体，下降三高。

注解：

①海带：又名纶布、昆布、江白菜，是多年生冷水性大型食用藻类，属亚寒带藻类，一般长2米左右，宽约20厘米，最长者可达6米，宽可达50厘米。其为褐色，扁平带状，分叶片、柄部和固着器。叶片由表皮、皮层和髓部组成，具有黏液腔，可分泌滑性物质。叶片有两条纵沟贯穿中部。海带多生长在潮下带海底岩石上，其生长主要受温度、光照、营养盐及植物激素等因素影响。我国自20世纪50年代开始进行海带栽培，取得了重要成果。海带成本低廉，营养丰富，是重要的海生资源，也是理想的天然海洋食品。研究证明，海带热量低、蛋白质适中、矿物质含量丰富且具有抗辐射、预防和治疗甲状腺肿、美肤美发、降三高及瘦身等功效。

②三高：指高血压、高血糖、高血脂。

绘画·海带图

纸本水墨

34cm×34cm

红树林①

众木奋荣红绿装，物生千类共蕃昌。

盘根深结坚刚网，铁壁铜墙固海疆。

篆刻·众木奋荣

韵释：

热带沿海，水中生长；

枝繁叶茂，红装绿装。

诸多物种，相互滋养；

彼此依赖，齐盛共昌。

发达根系，四面八方；

上下交错，稳固坚刚。

防风消浪，铁壁铜墙；

惠民护岸，万福无疆。

注解：

①红树林：是由红树植物为主体的常绿乔木和灌木组成的湿地木本植物群落，其突出特点是根系发达，能在海水中生长。全球热带海岸的红树林在外貌、结构和成分等方面基本一致。红树的种子可以在树上的果实中萌生胚芽并长成小苗，然后再脱离母株，坠落于淤泥中继续成长，它是一种稀有的木本胎生植物。为了防止海浪冲击，红树林植物的主干一般不会无限度地生长，而是从枝干上长出无数支持根，然后扎入泥滩以保证植株稳定。与此同时，从根部长出许多指状的气生根并暴露于海滩面用于通气，因此也叫作呼吸根。红树林中的动物主要是海生的贝类，还有许多种浮游生物及浮游动物，林内枝叶等残落物的分解也有利于它们的滋长，随之而至的还有浅海鱼群的洄游和出没。在盛夏，成片的红树林犹如大自然的"空调"，因此还会吸引各种鸟类。红树林重要的生态效益是防风消浪、促淤保滩、固岸护堤以及净化空气和海水。素有"海岸绿肺""海岸卫士"的美称。

绘画·红树林

纸本水墨

34cm×34cm

海豚①

天睿聪听族属鲸，强雄迅捷却柔情。

超凡最是群龙力，骇浪汪洋任放横。

篆刻·天睿

韵释：

哺乳动物，族属齿鲸；

天生睿智，尤有耳聪。

嬉戏弹跳，体魄健雄；

起行迅疾，心怀柔情。

不善深游，时见远程；

群力超绝，劲敌失能。

乘风破浪，跃水腾空；

傲视沧海，捭阖纵横。

注解：

①海豚：古称海狶、鱼兽、鱼狸、海豚鱼，是鲸目海豚科的水生哺乳动物。躯干呈纺锤形，体长 1.2—9.5 米。鼻孔在头顶上，用于出水换气。喙部形态自宽短到狭长各不相同。皮肤光滑无毛，身体矫健灵活，善于跳跃和潜泳。海豚拥有发达的声呐系统，活动时主要依靠其回声定位功能。其听力和记忆力也非常好，并且性情温和，活泼友善，还能在人类的训练下学会许多动作，是智商最高的动物家族之一。海豚通常喜欢群居，以捕猎乌贼、鱼类为食。海豚属于小型或中型齿鲸，广泛生活于世界各大洋，在内海及江河入海口附近的咸淡水中也有分布，个别种类见于内陆河流。

绘画·海豚图

纸本水墨

34cm×34cm

玳瑁^①

万物相融得异宜^②，谁知腹胃化玻璃。

毒身坚甲稀天敌，人以寿征无足奇。

篆刻·稀天敌

韵释：

世间万物，彼此和融；

谐宜有道，各不相同。

但凡腹胃，皆由肉生；

玻璃消化，初闻大惊。

毒身坚壳，难以击攻；

少遇劲敌，本性枭凶。

龟龄漫长，高寿之征；

经典意象，古今驰名。

注解：

①玳瑁：别名十三鳞、瑁、文甲等，系爬行纲海龟科动物。其体长在 100 厘米左右，体重可达 100 多公斤，是海洋中体形较大而凶猛的肉食性动物。玳瑁主要食物是珊瑚礁和海绵，也食用海藻、水母、鱼类、甲壳类等。玳瑁取食有毒的海绵和刺胞动物，因此它们的肉中含有相当水平的毒性。由于玳瑁具备异常坚硬的甲壳，很少有动物能咬穿。玳瑁游泳速度也比较快，只要不受到攻击，一般不会主动伤害人类。玳瑁主要发现于大西洋和太平洋的热带地区的浅水礁湖和珊瑚礁区，珊瑚礁中的许多洞穴和深谷为它提供了休息的场所。长期以来，人们一直认为玳瑁等海龟物种寿命很长且生长缓慢，没有灭绝的危险，但事实上其成活率相当低，在我国已被列入国家二级重点保护野生动物。

②异宜：所适宜的各不相同。

绘画·玳瑁图
纸本水墨
34cm×34cm

海胆[①]

遥思沧海变桑田，古胆遗形惊远迁。

生物科研先范式[②]，羡其高寿累希年。

篆刻·古胆

韵释：

上古世纪，沧海桑田；

洪荒宇宙，变幻万千。

奇玄地貌，西藏高原；

此胆化石，惊现其间。

模式生物，该类最先；

揭示规律，力助科研。

尤见长寿，不拘百年；

神闲气静，堪谓通仙。

注解:

①海胆: 是海洋无脊椎动物, 其中以印度洋和西太平洋海域种类最多。其体呈扁球形、心形。内骨胳互相愈合, 形成一个坚固的壳, 表面有疣突和可动的长棘, 外观一般为深色。海胆主要靠管足及刺运动, 运动常与取食相关。周围食物丰富时很少移动, 当食物缺乏时, 每天可移动约 50 厘米。其食性相当广泛, 可以是肉食的, 也可以是植食的。绝大多数海胆为雌雄异体, 外形无区别, 而某些种类则是雌雄同体。海胆分布从潮间带到几千米深的海底或局限在特定的海域, 因种而异。大多数喜欢生活在岩石、珊瑚礁及硬质海底, 具有避光和昼伏夜出的特征。海胆也是地球上最长寿的海洋生物之一, 与海星、海参是近亲。

②范式: 模式, 这里指模式生物。生物学家通过对选定的生物物种进行科学研究, 从而揭示某种具有普遍规律的生命现象, 这种被选定的物种就是模式生物。海胆即是生物科学史上最早被使用的模式生物, 它的卵子和胚胎对早期发育生物学的发展有着举足轻重的作用。

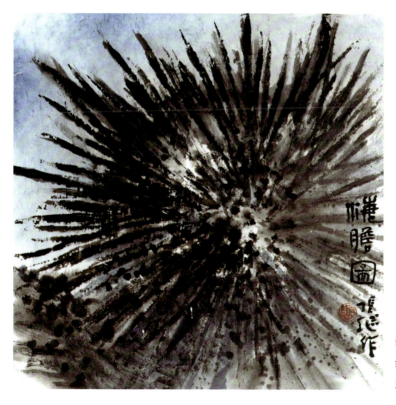

绘画·海胆图
纸本水墨
34cm×34cm

章鱼①

变色伪装爬腕行，遭凶舍爪避伤生。

异征②尤助明聪智，诧叹高能自学成。

篆刻·变色伪装

韵释：

逢险色变，最擅伪装；

以腕行进，路通八方。

遭遇凶害，舍爪避殃；

保全性命，接续时光。

神经特异，思维超常；

化解疑惑，智术嘉良。

幼来独立，鲜见成双；

惊其自学，本领尤强。

注解：

①章鱼：别名蛸、八爪鱼、八带蛸等，为章鱼科海洋软体动物的通称。章鱼的体态呈卵形或卵圆形，肌肉强健，体形大小相差悬殊。头与躯体分界不甚明显，头上有大的复眼及八条可收缩的腕，每条腕上均有两排肉质吸盘。它们平时用腕爬行，或借助腕间膜游泳。该科中人们最熟知的是普通章鱼，体形中等，广泛分布于世界各地热带及温带海域，被认为是无脊椎动物中智商最高者。它们在遇到危险时可连续 6 次喷射出墨汁作为烟幕，有时通过变色把自己伪装成珊瑚或一块砾石。有的品种章鱼还能把自己拟态成狮子鱼、海蛇或水母等有毒生物。章鱼对各种器皿极为偏爱，经常藏身于空心的器皿之中，还会用舍"腕"保身术保全性命。章鱼属肉食性动物，主要以瓣鳃类和甲壳类为食。

②异征：奇异的特征。这里指章鱼身上有一些非常敏锐的感受器，这种独特的神经构造使其具有超过一般动物的思维能力。

绘画·章鱼图
纸本水墨
34cm×34cm

墨鱼 [1]

软体鱿章乃近亲，虚名徒有拒鳞身。

全生远害诚缘计，乌障迅飞尤服人。

篆刻·乌障

韵释：

软体动物，贝类族群；

鱿鱼章鱼，皆为近亲。

左右对称，肢节不分；

徒有名氏，并无鳞身。

若遇敌害，施计避侵；

危难之际，墨汁速喷。

制造烟障，黑浪滚滚；

迅猛逃遁，壮举惊人。

注解：

①墨鱼：别名乌贼、墨斗鱼、花枝等，是生活在热带和温带海域的一种大型食肉性软体动物。其体形宽短，头部发达，顶端为口，周围有多条腕，腕的前端有大量吸盘。足已特化成腕和漏斗，没有鱼类尾鳍的摆动功能，因而把吸进体内的水经过嘴巴喷射出去，以推动身体前行，其瞬间的速度可超过普通鱼类。身体颜色可随时变化以便适应环境，尤其是遇到危险时，能迅速朝反方向逃跑。正常情况下，墨鱼做正向游动，但它又是反向短跑冠军。在遇到敌害时，它还会从墨囊中喷出有毒的墨汁形成烟障，借以隐藏退敌。但这种墨汁的生产需要很长的时间，因此不到万不得已是不会如此的。

绘画·墨鱼图

纸本水墨

34cm×34cm

龙虾①

蓝棕红白绚斓衣，频蜕壳层②闻见稀。

厌泳善爬呈斗性，惧强凌弱惹人讥。

篆刻·蓝棕红白

韵释：

头胸发达，背腹平扁；

蓝白红绿，色彩斑斓。

频繁换壳，年复一年；

未曾闻睹，倍感新鲜。

善爬倦游，夜行昼安；

生性好斗，不厌其烦。

保全自我，怕硬欺软；

丑陋品质，沦为笑谈。

注解：

　　①龙虾：又称龙头虾、虾魁等，是十足目龙虾科动物的统称。其体呈粗圆筒状，体长一般在 20—40 厘米，头胸甲发达，外壳坚硬多棘，腹部短小，色彩斑斓。它还具有坚硬、分节的外骨胳，生长有多对游泳足，眼睛位于可活动的眼柄上。其尾呈鳍状，用于游动。龙虾是杂食性动物，但食性在不同发育阶段稍有差异。龙虾有掘洞习惯，昼伏夜出，不喜游泳，善爬行，喜集群。其生性好斗，但往往惧强欺弱。深海中的龙虾通常能活到 100 岁左右。最重的龙虾可达到 5 公斤以上，人称龙虾虎。龙虾原产中美洲、南美洲和墨西哥东北部地区，现分布于世界各大洲，仅中国生产的就在 8 种以上。

　　②频蜕壳层：龙虾的一生始终伴随着换壳活动。新生的虾壳极其柔软，之后它们会大量进食，以尽快扩展体形。在龙虾出生的第一年将经历 10 次换壳，之后大约每年换 1 次，直至成熟。成熟后大概每 3 年换 1 次。

绘画·龙虾图
纸本水墨
34cm×34cm

海星①

奇特赤橙黄紫青，汪洋处处散星星。

毋疑世上分身术②，此有同形寄本形。

篆刻·汪洋处处散星星

韵释：

相貌奇特，赤紫黄橙；

绚丽多彩，今古闻名。

砂礁泥石，海洋底层；

无边无际，处处散星。

遭遇敌害，断臂逃生；

分身有术，再造原形。

伤体康复，肢节完整；

大千世界，堪称万能。

注解：

①海星：与海参、海胆等同属棘皮动物，体扁平，体盘大小不一，大的接近 1 米，小的仅有 2 厘米多。海星通常有 5 个腕，个别也有 4 个或者 6 个的，多呈星形。腕中空，下面的沟内有成行的管足，能使它向任何方向爬行。管足还可捕捉猎物。生活时其口面向下，通过皮肤进行呼吸。其体色多为黄褐色，也有橘黄色、红色、紫色、青色、蓝色和黄色等，或是几种颜色的混合色。海星都是食肉性动物，可以取食各种无脊椎动物，特别是贝类、甲壳类、多毛类甚至鱼类等。海星类生物具有外神经系统、内神经系统和下神经系统 3 个互不相连的神经结构，神经系统对运动起着非常重要的作用。海星具有很强的繁殖能力，寿命可达 35 年。它们现存 1600 多个种类，广泛分布于砂质海底、软泥海底、珊瑚礁及各种深度的海洋中。

②分身术：一般来说，海星类都有很强的再生能力。一个腕只要带有部分中央盘即可再生成一个整体，特别是带有筛板时更容易再生，犹如分身。

绘画·海星图
纸本水墨
34cm×34cm

螃蟹①

横行公子却无肠，铁甲随身护嫩黄。

口吐明珠②人未视，殷殷但念碗中香。

篆刻·横行公子

韵释：

横行公子，龙虾近亲；

生来无肠，世称将军。

鲜黄安保，铁甲随身；

脂膏嫩玉，同为甘珍。

明珠成串，口吐气喷；

观者忽视，必有根因。

青红色变，异香诱人；

餐桌美味，系念尤深。

注解：

①螃蟹：是甲壳类动物，与虾、龙虾、寄居蟹属同类。常见的螃蟹有梭子蟹、远海梭子蟹、青蟹和中华绒螯蟹等。全世界约有 4700 种，我国约有 800 种。绝大多数种类生活在海里或近海区，也有一些栖于淡水或陆地，一小部分则完全在淡水中。螃蟹的身体分为头胸部与腹部，整体被硬壳保护。它们绝大部分为杂食性，少数则刮食或滤食藻类及有机碎屑。根据螃蟹的身体特征或行为特征，人们为其命名了许多雅号，诸如"横行公""铁甲将军""无肠公子""含黄伯"等。螃蟹的主要价值是供人们食用。古代文人视食蟹为一乐，常把蟹的不同部位称为"脂膏""嫩玉"等，以形容其鲜美。其又被称为"水产三珍"之一，历代美食家对其称颂备至。此外，螃蟹的外壳可用以提炼工业原料甲壳素，也可提炼葡糖胺。

②口吐明珠：形容螃蟹在水中呼吸时所吐出的水泡，证明其为鲜活之物。

绘画·螃蟹图
纸本水墨
34cm×34cm

三脚架鱼[1]

大洋深处万灵生，狗母[2]独家高脚撑。

开口静吞流荡食，奇葩绝类惹人惊。

篆刻·高脚撑

韵释：

沧海深处，别有洞天；

地貌迥特，生灵万千。

唯独狗母，非同一般；

三脚高架，气势超凡。

拙于游泳，直立静安；

摄取食物，顺其自然。

世人惊愕，叹为奇观；

水中绝类，名不虚传。

注解：

①三脚架鱼：是一种深海鱼，因为它用来支撑身体的鳍刺呈三脚架形状而得名。在水深 3000 米处的大洋盆地有它们的踪影。三脚架鱼不善游泳，它们可以利用其特别的鱼鳍稳步行走，也可以静立好几个小时。它们的眼睛极小，接近全盲。觅食的时候，会逆流而立，等待食物的到来，或用头部后方的两条鳍来感觉猎物的位置，而高度敏感的鳍连最细微的动作也能察觉。三脚架鱼是雌雄同体的，意味着它们同时拥有雄性和雌性器官，并能自身产生精子和卵子来成功繁殖下一代。

②狗母：三脚架鱼又名深海狗母鱼。

绘画·三脚架鱼

纸本水墨

34cm×34cm

海獭①

缠藻倚涛寒梦轻，皮毛丰厚抗三更。

惊奇最是随身石，至爱生伦榜有名。

篆刻·至爱生伦

韵释：

白日嬉戏，黑夜静宁；

依涛而寐，缠藻梦轻。

皮毛丰厚，确保热能；

抵御晚寒，安度三更。

随身携石，收入囊中；

以其猎食，尽人皆惊。

世间生物，千百万种；

此为至爱，榜上有名。

注解：

　　①海獭：为最小的海洋哺乳类动物，分布于北太平洋的寒冷海域。其体呈圆筒形，长 1.4 米左右，重量约 40 公斤。海獭善于潜水，几乎不到陆地上活动，但也从不远离海岸。与其他海兽相比，其游泳速度较慢。它们喜群居和定居生活，白天常常几十甚至几百只一起在海里嬉戏、觅食，到了夜里，它们有时睡在岩石上，更多时间则是枕浪而眠，但需要将海藻缠在身上，防止被大浪冲走或沉入大海。海獭具有浓密的皮毛，其密度为动物界之最。它们非常注重保护皮毛，以防止体内热量散失。海獭也是地球上食量最大的动物之一，进食量相当于自身体重的三分之一。它们最喜爱的食物是海胆，但海胆外壳坚硬，海獭就会平躺在水面，将随身携带的石块放在腹部做砧板，再用前肢抓住猎物往上撞击，食用之后还会将石块和剩下的食物藏入皮囊中以备用。海獭实行一夫多妻制。其繁殖比较缓慢，5 年才有一次生产，通常每次只生一只。

绘画·海獭图
纸本水墨
34cm×34cm

海绵①

动物何为植物身，追源亿载是真菌②。

无头无尾无躯干，入药解污多惠人。

篆刻·真菌

韵释：

看似植物，动物之身；

昔日学界，论辩纷纭。

追溯远古，祖乃真菌；

岁转数亿，海里居深。

空头空尾，躯肢不分；

神经体系，全然无存。

降解污浊，环保超群；

入药除疾，乐众惠民。

注解：

①海绵：是世界上最原始、最低等的多细胞动物，其色彩丰富，从几毫米到2米之间，重量轻的只有几克，重的可达40多公斤。单体一般呈圆球状、管状、瓶状、片状、块状、壶状、扇状、树枝状等。其中管状的形态很像竖立的烟囱，所以被称为"烟囱海绵"。小的海绵大约可存活1年，大的寿命较长。它们的再生能力极强，不但能恢复受损或失去的部分，并且能通过碎片甚至单个细胞生成一个新成体。海绵虽然属于动物，但并不能自己行走，只能附着在固定的海礁上，通过滤食的方式从海水中获取食物。

②真菌：是一种真核生物，包含霉菌、酵母、蕈菌以及其他人类所熟知的菌菇类。其独立于动物、植物和其他真核生物，自成一界。目前人们已发现有12万多种真菌，其细胞含有甲壳素，能通过无性繁殖和有性繁殖的方式产生孢子。

绘画·海绵图

纸本水墨

34cm×34cm

海鳝[①]

礁间浅海觅行踪，厚表滑身牵瘦容。

撑口尤奇尖巨齿，遭逢进击性殊凶。

篆刻·瘦容

韵释：

浅海区域，礁间栖身；

白天隐匿，夜里猎巡。

脑袋趋小，嘴巴凸奔；

躯滑皮厚，通体无鳞。

尖利巨齿，前后相邻；

鱼虾诸物，控摄豪吞。

遭逢侵扰，尤见凶狠；

伤害人类，亦有所闻。

注解:

①海鳝: 是形状和行动最像蛇的海鱼, 主要分布于热带和亚热带海洋的浅水区域, 栖身于岩礁间缝穴内, 过着隐居生活。海鳝有120多个品种, 其体长一般不超过1.5米, 最长可达3.5米左右。脑袋小, 嘴巴大且前凸, 嘴里长满尖利的牙齿。尤为突出而使人惊奇的是它们的牙齿长在两对颌上, 一对颌在嘴里, 另一对颌在咽喉部。海鳝体表覆盖着一层经过化妆似的红晕花纹, 并且色泽艳丽, 且因其姿态优雅成为水族馆的宠儿。但也由于人们过度捕捞, 如今在海里已很罕见, 有的区域甚至濒临灭绝。不过海鳝在受到人类侵扰时也会变得十分凶恶, 某些种类还有毒, 食用后可引起疾病甚至死亡。

绘画·海鳝图
纸本水墨
34cm×34cm

海葵①

动植同身花样荣，触须收放腹腔盈。

超伦最是千年寿，贵有鳞朋与共生。

篆刻·千年寿

韵释：

动植同身，似花欣荣；

体色绚丽，黄绿红橙。

触手数十，多种性能；

自如收放，捕猎立功。

百年龟蛇，资浅望轻；

垂涎此寿，千岁之龄。

倍加可贵，与鳞为朋；

互惠互利，双赢共生。

注解：

①海葵：是一种生长在海洋里看上去很像植物的无脊椎动物，由于它的几十条触手全部伸展开时很像一朵葵花，因而得名。海葵没有中枢信息处理机构，是一种构造非常简单的低等捕食性动物。海葵体色丰富多彩，这些色彩一是来自本身的色素，二是来自其共生藻。共生藻不仅使海葵大为增色，而且也为海葵提供了营养。暖海中的海葵个体较大，呈圆柱形，可固着在浅水的岩石、木桩、贝壳或蟹螯上，有的种类一旦固着便不再移动，也有的种类可在上面微微滑动。多数海葵喜独居，个体相遇时也常会发生冲突，主要原因是争夺生存空间。海葵与小丑鱼存在着共生关系，一方面海葵保护小丑鱼，同时小丑鱼也为海葵引来食物。此外，科学家发现海葵的寿命大大地超过海龟和珊瑚等，有的竟达到两千岁，是世界上寿命最长的海洋动物。

绘画·海葵图

纸本水墨

34cm×34cm

海扇①

海底平沙若玉田②，贝珍藏露瓣相连。

世人惟见如胶吻，更有开怀示豁然。

篆刻·开怀示豁然

韵释：

软沙海底，漫若平川；

洁白澄净，亦如玉田。

无量扇贝，藏露其间；

双瓣相缀，色彩多端。

殊肌强劲，吻似胶粘；

合为一体，壳固形圆。

更见怀阔，胸府宽展；

通达豪放，昭示豁然。

注解：

①海扇：也叫扇贝，因为它的贝壳形状很像折扇而得名。海扇的壳较大，近圆形，表面常有放射肋，贝色多样。它的两个瓣由一个铰合部形成的关节相连，通过特殊的闭壳肌可以使两个瓣关得很牢固，也可以打得很开。它们通过过滤海水得到微粒食物来补充营养。海扇一般生活在海底细沙中，喜欢把自己埋在沙子里，必要时利用两瓣开合排水所产生的反作用力在水中快速游动，因此人们称之为会"飞"的贝类。海扇广泛分布于世界各海域，以热带海洋的种类最为丰富，中国已发现40多种。海扇肉质鲜美，营养丰富，肥大的闭壳肌经过加工干制后称为干贝或带子，是著名的海珍品，而且还有很高的药用价值。美丽的贝壳亦可做成装饰品。由于扇贝的经济价值比较高，所以世界各海洋国家都相继开展了人工养殖工作。

②玉田：这里指海底平坦、干净的沙地像玉一样洁白。

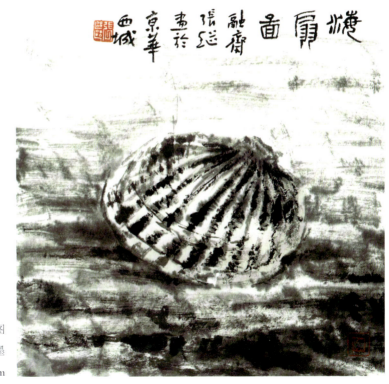

绘画·海扇图
纸本水墨
34cm×34cm

海螺①

合意存生境百端，光阳供食聚甘餐。

螺层多级原坚厚，壳艺万千呈大观。

篆刻·壳艺万千

韵释：

汪洋浩瀚，生境万千；

诸般软体，顺应适安。

阳光充足，食物甘鲜；

棘皮藻类，皆成美餐。

螺级层叠，形硕质坚；

状貌奇异，唇口外翻。

雕琢刻画，工艺非凡；

琳琅满目，蔚为大观。

注解：

　　①海螺：又名峨螺、凤螺等，属软体动物腹足类。集中分布于太平洋、印度洋海域。海螺贝壳高10厘米左右，螺层6级，最大可达18厘米，而雌螺的体形明显大于雄螺。其壳体大而坚厚，壳面粗糙，壳口宽大，壳内面光滑，外唇极度外展。海螺活动较慢，常以海藻、微小生物及棘皮动物为食。和其他动物一样，海螺等软体动物已经适应千变万化的生存环境，不过充足的阳光所提供的食物依然非常重要。海螺肉可食用，它是典型的高蛋白、低脂肪、高钙质的天然动物性食物。其壳形状独特而美丽，可供赏玩，亦可用于雕刻陈设。此外，海螺是发展海水池塘养殖的一个优良品种，可实现人工养殖。

绘画·海螺图
纸本水墨
34cm×34cm

砗磲①

称王巨贝糙粗身，刚厚终端壳质珍。

磨切堪为珠石宝②，人间争宠镇心神。

篆刻·称王巨贝

韵释：

软体动物，非同一般；

双壳巨大，糙身曲边。

皱褶重叠，轮脉明显；

贝质坚厚，精华尾端。

切磨工艺，珠宝光鲜；

佛教圣品，价值不凡。

中医药用，气定神安；

抗衰解毒，争宠人间。

注解：

①砗磲：是世界上最大的双壳类软体动物，被称为"贝王"。砗磲之名始于汉代，因其外壳形如古代车辙，故称"车渠"，后人因其壳质坚硬如石，便在二字左侧加"石"字而成"砗磲"。其最大体长可达 1 米以上，重量可达 300 多公斤。外壳略呈三角形，顶部弯曲，边缘波形，壳面粗糙，壳质厚重，两壳相等，生长轮脉明显。砗磲外套膜极为绚丽多彩，还常有各种花纹。贝壳内面洁白如玉，富有光泽。砗磲尾端最精华的部分可切磨成稀有的有机宝石，在中国佛教界，它被尊为"七宝"之一。在中医药中，砗磲主安神、解诸毒、抗衰老、促保健等功效。砗磲主要分布在印度洋、太平洋的热带海域。中国共有 6 个品种，分布在台湾、海南、西沙群岛及其他南海岛屿。

②珠石宝：珠宝有广义和狭义之分。狭义的珠宝单指玉石制品；广义的珠宝应包括金、银及天然材料（矿物、岩石、生物等）制品。具有一定价值的首饰、工艺品等统称为珠宝。古代有"金银珠宝"之说，是把金银和珠宝区分开来了。

绘画·砗磲图

纸本水墨

34cm × 34cm

企鹅①

燕尾绅装傲浩洋，跻登鸟族②却无翔。

形同企盼憨憨立，定向航行赖太阳。

篆刻·燕尾绅装

韵释:

黑白配色，燕尾绅装；

振荡羽翼，放傲浩洋。

两膝藏匿，外展翅膀；

跻身鸟类，却乏飞翔。

海岸伫立，憨态无双；

形同企盼，情意悠长。

畅游水上，本领超强；

航向掌控，依赖太阳。

注解：

①企鹅：是一种最古老的游禽，有着"海洋之舟"的美称。由于它们经常憨厚地在海岸边站立远眺，好像企望着什么，因此被称为"企鹅"。它们的腿和膝盖一般都掩藏在肚子里，脚在身体的最下部。背部为黑色，腹部为白色。前肢呈鳍状，羽毛短，但密度很高，极度保温。全世界的企鹅共有 18 种，大多数生活在南半球。最大的种类是帝企鹅，平均身高为 1.1 米左右；最小的是神仙企鹅，也叫小蓝企鹅，身高只有约 0.4 米。企鹅是典型的海鸟，但它不会飞翔，不过游泳的本领却非常高。

②鸟族：指具有鸟的共同属性的一大类。鸟类为脊椎动物，体温恒定，卵生，嘴内无齿，全身有羽毛，胸部有龙骨突起，前肢变成翼，后肢能行走。一般的鸟都会飞，也有两翼退化不能飞行的。

绘画·企鹅图

纸本水墨

34cm×34cm

清洁鱼①

艳鲜莹目体玲珑，清垢消菌除患功。

不见诸般名药械，医伤解痛乐其中。

篆刻·清垢消菌

韵释：

小鱼艳丽，体态玲珑；

霓虹刺鳍，乃是学名。

消菌清垢，除疾立功；

医患和睦，彼此共生。

不见药械，拒绝血腥；

方法简易，术技高明。

治病解痛，乐在其中；

济群惠众，魅力无穷。

注解：

　　①清洁鱼：学名叫霓虹鰕虎鱼，是生活在海洋里专门为生病的鱼进行清洁的一种色彩鲜艳的小鱼，其身长约50毫米。海洋里的鱼类和人类一样，也会不断地受到各类细菌等微生物和寄生虫的侵袭，也会染上各种疾病，同时也时常在动物之间的战争中受伤，那么治病的医生就是这种清洁鱼，或称之为"鱼大夫""鱼医生"。鱼大夫没有任何药物和器械，只凭尖尖的长嘴去清洁病鱼伤口上的坏死组织和致病的微生物等。有些凶悍的肉食鱼平时总会让其他鱼类闻风而逃，而面对清洁鱼则主动靠近或张开嘴巴要求其进行清洁，从未发生过意外事故。其实，清洁鱼的行为也是长期以来寻求食物的一种方式，它们从"患者"身上找到细菌、腐肉等来维持自己的生存，逐渐形成了这种默契的"医患"关系，这实际上是自然界物种之间的共生现象。

绘画·清洁鱼
纸本水墨
34cm×34cm

梭子鱼①

金梭流线迹何寻，近海洋湾水浅深。

巨相不嫌泥食味，凶锋御敌仗同心。

篆刻·金梭流线

韵释：

体形纺锤，后扁前尖；

何方寻觅，水底浪端。

栖身常态，近海洋湾；

无论咸淡，不计深浅。

泥中求食，土味弗嫌；

有机物质，皆成美餐。

尤喜群聚，彼此甚欢；

同心御敌，永避凶险。

注解：

①梭子鱼：又名海狼鱼、金梭鱼。其体呈长圆柱形，嘴尖下巴阔大，头短而宽，眼睛较小，体长可达 2 米左右。梭子鱼体被圆鳞，鳞片很大，背侧呈青灰色，腹面浅灰色，两侧鳞片有黑色的竖纹。其性活泼，善跳跃，喜群居，常在逆流中溯游，以水底泥土中的有机物为食。因为梭子鱼幽门胃的肌肉很发达，非常适合研磨和压碎泥沙中的食物。其为近海鱼类，喜栖息于海湾内或江河入海口，亦进入淡水。梭子鱼在开阔而温暖的海域产卵，每到产卵季节，它们会将卵子和精子直接释放到海水中使之受精孵化。当梭子鱼群遭受袭击时，所有的鱼都会齐心反击，并排列成壮观的队形来迷惑敌人。

绘画·梭子鱼

纸本水墨

34cm×34cm

石头鱼[①]

脊皮更色腹轻红，陋石杂陈堪混同。

毒烈刺针相卫护，人如犯我必还攻。

篆刻·人如犯我必击攻

韵释：

石头称谓，古来闻名；

貌容丑陋，背灰腹红。

体色多变，随境趋同；

隐藏自我，彼此浑融。

硬棘基部，毒腺神经；

御敌有计，卫护无声。

人如侵犯，奋起还攻；

轻者瘫废，重者丧生。

注解：

①石头鱼：又名老虎鱼。其身长约 30 厘米，一般体重约 1 公斤，大者可达 10 公斤。体表光滑无鳞，腹大浑圆，尾部侧扁稍窄，口在头的底部，形如新月，眼睛长在背部而且特别小。石头鱼外形丑陋，总是将自己伪装成一块石头，不易被人们发现。为自我保护，石头鱼的体色还会随着环境的不同而多变。其捕食方式很有趣，总是守株待兔式地等着食物的到来。石头鱼全部是天然的，无人工养殖。它是自然界中毒性很强的一种鱼，也是古今闻名的鱼中珍品，其肉质细嫩鲜美而无刺，常食之有生津、润肺、养颜、滋补强肾之功效。

绘画·石头鱼
纸本水墨
34cm×34cm

狮子鱼^①

仙身匿毒棘尤长，性僻平生避火阳。

大敌何方来进犯，张鳍壮势造雄强。

篆刻·仙身匿毒

韵释：

多鳍通透，排布斑点；

长棘匿毒，姿若天仙。

性情孤僻，趋静喜安；

躲避阳日，漫游夜间。

时有敌害，下跳上蹿；

倚强凌弱，岂能心甘。

枪旗列阵，造势壮胆；

防守抵御，非同一般。

注解：

①狮子鱼：又称火鸡鱼、火鱼、魔鬼蓑鲉等。狮子鱼主要分布在印度洋、太平洋等海域。其形似仙女，体长 25—40 厘米，体表布有红色至棕色条纹。背部有 13 根毒刺，鳍棘细长，胸鳍羽状，尾鳍圆形，背鳍、臀鳍和尾鳍透明，有黑色斑点。体被圆鳞或栉鳞。狮子鱼处于珊瑚礁环境中食物网的最高级别，主要以甲壳类动物、无脊椎动物和小型鱼类为食。狮子鱼属夜行性，太阳升起后便躲藏于珊瑚及岩石的阴影中几乎完全静止。其性格孤僻，尤喜独居。当遇到危险时，它会尽量张开长长的鳍条使自己看起来很大并进行防御。

绘画·狮子鱼
纸本水墨
34cm×34cm

草书·自作诗
《中华鲟》
名冠中华独一鲟，
千年旅外故园心。
活鲜化石无伦比，
危绝谁知正迫临。

栖身巌石舞波涛沽绿裁
残编布袍不见披衣偏入碟佳
肴瘦体降三高 晓海带
骁志过眼书

行书 ·自作诗
《海带》
栖身岩石舞波涛,
褐绿裁成纶布袍。
不见披衣偏入碟,
佳肴瘦体降三高。

123

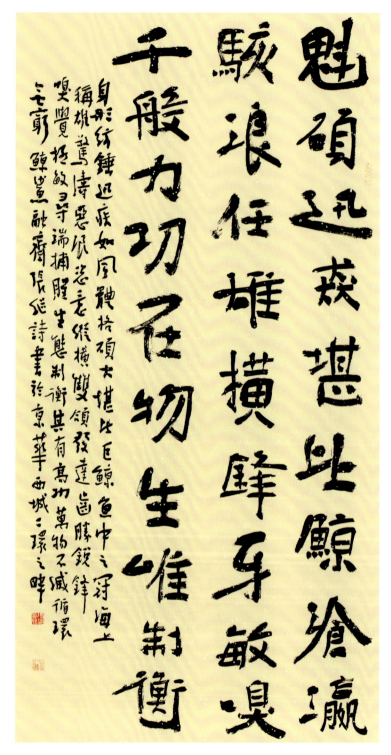

魁碩迅焱堪比鯨滄瀛駭浪任雄横

身形矫健迅疾如风 体格硕大堪比巨鲸 鱼中之冠海上称雄 头尾迅疾志在纵横 双頜发达能胜镜锋 锋牙敏嗅寻踪捕腥 生态制衡其有万功 万物不减循环

楷书·自作诗
《鲸鲨》
魁硕迅焱堪比鲸，
沧瀛骇浪任雄横。
锋牙敏嗅千般力，
功在物生唯制衡。

隶书·自作诗
《三棘刺鱼》
希闻水下筑新房，
匹偶齐家孕育忙。
三刺苦心相翼护，
如山父爱更情长。

125

篆书·自作诗

《波浪能》

汪洋万里浪滔天，

惊魄巨轮飘亦颠。

永量水能擎动势，

效功人宇惠无边。

后　记

在早年学业生涯中，我对中文、美术、书法、篆刻都有过专门学习，并且均热爱有加。刚出大学校门时，我就为居舍命名了"四融斋"之雅号，即融合诗、书、画、印于一体，意在确立信念并永久追求。然而，由于一度工作繁忙，诗文、绘画少有顾及，但我深知综合修养的重要性，因而于内心从未敢轻视。前贤大师曾谆谆告诫："宁要一绝，不要四全，但没有哪一绝不是四全在滋养。"堪为至理名言。我也曾撰文《同修共进　以博养专》来阐述个人观点，表达自我体悟。

我对海洋生物产生较为浓厚之兴趣，始于多年前在香港办展时到海洋馆参观。返程后，脑海中一直浮现出那些极为可爱且神秘之海洋生物身影，故而我又迫不及待参访了北京的几处海洋馆以及青岛海底世界，最后索性在自家安置了水族箱养殖了多个品种热带海洋鱼类，时常观察，继而心记，再而意写。那些凭感觉草成之习作虽然不甚成熟，但从某种意义上为我后来对海洋题材作品进一步探索奠定了基础。当时还得到了一些美术界朋友热情鼓励，这也成为我朝着这个方向继续迈进之动力。

我从画海洋鱼类入手，逐渐扩展到更多品种之海洋动物、海洋植物及海洋景观乃至其他水域。为了更加深入了解这些创作对象，我开始广泛阅读、浏览与它们相关之文字、书籍及图像等资料，眼界随之开阔，认知日益提升，感悟逐渐深刻。特别是众多海洋生物神奇而绝妙之特异情状，常常令我叹为观止。更有一些海洋生物，其禀性与人性相通，尤其从它们行为举止中看到所蕴含之伟大的"母爱、父爱、忠爱"与真挚的"情爱、友爱、专爱"等，每每使我感动不已，叹服连连，于是便有了以诗来抒发心怀之冲动。中国古代诗论中"言志抒情"之传统，强调诗因情生，情为诗本，可视为对"诗心"情感特质真切之表述。"诗心"实乃浸透了审美情趣之心灵境界，它可上推天人之理，下究万物之状，从而达到实与虚、物与理、景与情之有机统一，继而完成艺术境界之创立。毫无疑问，本人正是因为对这些海洋生物产生浓浓兴致与深深爱恋，方有后来诸多此类题材诗作。"希闻水下筑新房，匹偶齐家孕育忙。三刺苦心相翼护，如山父爱更情长。""汪洋万里浪滔天，惊魄巨轮飘亦颠。永量水能擎动势，效功人宇惠无边。"比如以上两首七言绝句，皆为有感而抒，因情而发。

众所周知，地球表面大部分为海洋水域所覆盖，故有人将地球称为一个"大水球"，且迄今为止，人类对海洋之探索与认知仅有约5%。话题转回，纵然诗之功能颇多，诸如抒情、言志、审美、歌颂、劝诫、赠别等，但亦不可排除其所具有认知功能。"海洋对人类社会生存和发展具有重要意义。"党的十八大以来，习近平总书记高度重视海洋，多次强调"要进一步关心海洋、认识海洋、经略海洋"，"建设海洋强国"。①基于此，为充实这些诗作之信息含量，我特意为每首绝句作了"韵释"。其实，"释"为次，"扩"为本，旨在充实内容，互为印证，相得益彰。再以上两诗为例，韵释分别为："三棘刺鱼，身在海洋；世间难晓，水下建房。通体色变，求偶配双；持家育宝，终日繁忙。形影不

① 2013年7月30日，习近平总书记在十八届中央政治局第八次集体学习时的讲话。

离，保子安康；苦心相护，勇于担当。如山父爱，儿女情长；感人至切，堪称佳良。""浩淼万里，极度壮观；狂风奔荡，骇浪滔天。惊魂撼魄，地转日颠；超级巨轮，飘摇若悬。周而复始，波涛翻卷；能量世界，重要资源。危机缓解，减少污染；实现梦想，惠人无边。"且读且品，自我感觉，似实现了些许初衷。

中国的诗与画、诗与书、书与画乃至书与印的关系异常紧密，正所谓"诗画同宗""诗书合璧""书画同源""书印互通"。它们作为中华民族优秀文化的宝贵财富，在审美、意境、精神方面相互贯穿，相互交融，不仅积淀了数千年传统文化之精髓，亦成就了我们文化自信至为关键之组成部分，还应理所当然地成为新时代书画艺术追随者们重要之研究课题！"路漫漫其修远兮，吾将上下而求索！"

在此书编辑出版过程中，中华诗词学会会长周文彰先生欣然赐序给予热情勉励，诸位道友为我出谋划策，中国文联出版社各位编辑对待工作一丝不苟。承蒙各位厚爱，此书整体设计日趋完善，并顺利出版。在此向你们一并表达最真挚的感谢！由于本人才疏学浅，书中粗浅之处在所难免，诚请各位专家及读者朋友不吝赐教！

张 继

癸卯秋于京华融斋